Tônio Caetano

Sobre o fundo azul da infância

cultura

Leitura crítica e coordenação editorial: **Caio Riter**
Revisão de texto conforme novo Acordo Ortográfico: **Elaine Maritza da Silveira**
Design de Capa: **Angelo Abu**
Ilustração de Capa: **Dolores Orange**
Projeto gráfico e execução: **Martina Schreiner**

ISBN: 978-65-5748-066-3

CIP-BRASIL. CATALOGAÇÃO NA PUBLICAÇÃO
SINDICATO NACIONAL DOS EDITORES DE LIVROS, RJ

C131s

Caetano, Tônio, 1982-
Sobre o fundo azul da infância / Tônio Caetano. - 1. ed. - São Paulo : Editora de Cultura, 2024.
80 p. ; 23 cm.

ISBN 978-65-5748-066-3

1. Contos brasileiros. I. Título.

24-94400 CDD: 869.3
CDU: 82-34(81)

Gabriela Faray Ferreira Lopes - Bibliotecária - CRB-7/6643
08/10/2024 10/10/2024

EDITORA DE CULTURA LTDA.
Rua Baceúnas, 180
03127-060 - São Paulo - SP
Fone: (55 11) 2894-5100
atendimento@editoradecultura.com.br
www.editoradecultura.com.br

À Virginia Caetano,

minha mãe, meu amor.

Ao meu pai,

Aos meus irmãos,

Ao Marcelo Barbosa Brum,

Ao Filipe Smidt Nunes e ao José Falero,

Aos amigos que eu tive e tenho,

A todos os meninos possíveis.

Voa menino, voa
pra sua estrela natal
Voa menino, voa
por cima do temporal

*(***Estrela Natal***,*
Sérgio Pererê)

Eh, Papagaio! Eh Pandorga
Eh, Papagaio! Eh Pandorga
Esperança que subiu, subiu
Subiu...
Colorindo em desafio,
ao desamor
A toda dor
Ao destino

*(***Papagaio Pandorga***,*
Gelson Oliveira)

SUMÁRIO

Sobre o fundo azul da infância

Pipa – aquela de papel de seda, vareta produzida por alguma máquina, rabiola colorida que lembra as bandeirinhas de São João e colocada no ar com linha de pesca – era só para quem podia pagar. Para nós, o negócio era pandorga feita de sacola de mercado, vareta de taquara cortada com faca de serrinha e rabo – não rabiola – de tiras de roupa velha. E a linha? A linha é que era o problema.

Um dia, Edmundo disse:

– Eu sei como a gente pode descolar a linha.

Já nos olhamos pensando em quanto ia custar. O Edmundo era o mais velho de nós. Sabia de tudo, principalmente onde descolar as coisas de que se precisava. E fazia fiado, sempre havia alguém devendo para ele. "Descolar" era uma palavra perigosa, principalmente quando cochichada depois de uma olhada disfarçada para os lados. Assim, a gurizada se aproximou, e ele desenrolou a fita; aliás, a linha:

– Vamo roubar uns varal.

– Varal de roupa? – alguém perguntou.

- Isso, mas tem que ser novo.

Sim, eu roubei. Mas... não tem “mas”, eu sei. Só que naquela época as brincadeiras na vila eram por tempo. Se você não brincasse, perdia; o tempo da brincadeira passava e começava uma nova – taco, osso, bolita, carrinho de rolimã, carteira, polícia e ladrão – e já era a vez da minha pandorga.

Alguns desistiram. Saímos os quatro, Edmundo, Teco, Bola e eu. Tentando não dar muito na vista, entramos em dupla no mercado. Depois entendi que havia uma ética: não se roubava em venda ou mercadinho. O negócio era de mercado para cima. Supermercado nem se fala; o Carrefour tomou muito tufo nas rodas dos carrinhos de compras, na época da bolita e do carrinho de rolimã. Mas esta é outra história.

Antes de entrarmos, Edmundo disse:

– Os varal ficam no fundo, bem embaixo na prateleira dos sabão e dos pano de prato.

– Vô pegá uma cestinha pra disfarçar – Bola garganteou.

– O segurança vai te dá com a cesta na cabeça – Teco falou, se rindo.

Não entendi por que os mais novos foram primeiro, e o nervosismo aumentou quando Bola pegou uma cesta. Estavam lá, bem na parte de baixo da prateleira, os varais de roupa. Baratinho, mas ainda assim distante das moedas que eu tinha no bolso. Quando Bola, alucinado, começou a encher a cesta com sabonetes e a me encarar com os olhos arregalados, como quem diz “pega logo essa merda!”, eu, com as pernas bambas e o suor coçando atrás da orelha direita, olhei para um lado e para o outro e, rápido feito quem acha dinheiro na rua, enfiei dois varais na cueca. Nem vi o que Bola fez com a tal cesta. No momento em que pisei fora daquele mercado, minha vontade era de sair correndo até em casa.

Agora não havia mais volta. Eu tinha ultrapassado um limite. Isto não saía da minha cabeça, enquanto Bola e eu ficamos na rua atrás do mercado, esperando o Edmundo e o Teco buscarem o varal deles. Aqueles minutos duraram horas, e mais horas ainda, a caminhada de volta às pandorgas.

Mas então o encanto aconteceu: nunca tinha imaginado como um varal era feito e agora aprendia a desfiá-lo, "desvaralá-lo". De linha em linha, puxando e esticando, desfizemos cada um o seu. O fio solto, com muitos nós, emendava-se no outro e ia sendo enrolado num toco de madeira qualquer e formando o rolo.

A minha pandorga era amarela, feita de uma sacola de fruteira cheirando a cebola; o rabo, de tiras da camiseta que minha mãe me trouxe da doação na igreja e que eu odiava. Subimos o morro das antenas desbravando o terreno ainda sem casas entre ramos de marcela e a coceira que as mutucas davam nas canelas.

Pipa tinha cara de parque, beira da praia, criança branca correndo com o pai tentando "empinar". Pandorga tinha cara de topo de morro, de pele negra e cabelo crespo, de amigos bem longe dos pais. Enfim, pandorga não se empinava, pandorga se soltava.

– Aqui tá bom – Teco disse.

– Sai pra lá, alivia um pouco – mandou Edmundo, com uma cara séria, demarcando seu espaço no topo do morro.

A minha amarela cambaleou no começo, mas depois que arranquei um pedaço do pano do rabo se equilibrou e pôde ganhar o céu. Tudo tão fácil, tão natural como o entrar e o sair de uma idade, como o passar do tempo de uma brincadeira ao de outra. Difícil definir aquela sensação boa de dominar a pandorga e ir desenrolando a linha e sentir que respondia a cada comando, como uma extensão de mim: eu começava no chão, com os pés no marrom empoeirado da terra, e terminava lá no azul limpo do céu.

Feito vento, tudo mudou tão rápido; Bola jogou a pandorga dele lá no céu num ataque certeiro contra a minha. Edmundo e Teco riam enquanto puxavam suas pandorgas enrolando rápido a linha. O amarelo agonizava, se debatia no azul feito peixe novo a aprender na carne o que é anzol. Bola deu mais uns puxões e a minha linha perdeu a força, a pandorga foi à baía, despencou para longe frente a meus olhos apavorados. Tive vontade de bater nele, fazê-lo chorar na frente dos outros, mas sem pensar desci o morro na direção em que o vento levava a pandorga.

Corri. Não sei se chorava, não sei se pisei num cacto bolinha, daqueles com flor amarela que eu pretendia levar de presente para minha mãe, quando descêssemos o morro. Corri até perceber que não adiantava mais correr. A pandorga se abraçava feito aqueles tênis pendurados pelos cadarços nos fios de luz. E tremia de forma barulhenta com a ação do vento a enredar-se ainda mais.

Quando meu pai chegou do trabalho, não foi fácil: ele sabia de tudo. Chorei pela surra, pelo jeito que a minha mãe me olhou, por começar a entender que ele tinha informantes na vila e tudo de errado que eu fizesse durante o dia, de noite acabaria naquele tipo de choro que ultrapassa as paredes da casa e faz os vizinhos rirem. Mas esta também é outra história.

O amarelo barulhento ainda estava lá lutando contra o destino no outro dia. Todas as manhãs eu passava por ali a caminho da escola e, num tempo impreciso, veio o desbotar da cor. Amarelo sem amarelo é mais triste sobre o fundo azul da infância. E, então, restaram só as varetas, um esqueleto seco, feito esse passado que ainda volta, principalmente quando perguntam se já roubei na vida.

Bico calado

Tudo começou quando o Jackson chegou dizendo que o pai dele ia comprar o novo disco do Sampa Crew. O Jackson era meu vizinho de cerca, aliás, de barranco; a casa dele ficava do lado da minha, só que na parte de baixo. Ele era bem pretinho, reluzente, e tinha olhos bons, olhos de quem se pode confiar. Quando a minha mãe nos levava no carnaval do Clube dos Artistas, ele e a irmã dele iam com a gente, mas essa é outra história. Importava é que eu ficava sempre de bituca na janela quando o pai do Jackson colocava pra tocar o primeiro disco do Sampa Crew. Mais ainda, a gente tinha em casa o 3 em 1 do pai, que ficava lá na sala sem uso, pegando poeira. Faltava só descolar o dinheiro pro pai do Jackson comprar um Sampa Crew pra mim também.

Eu já me imaginava ouvindo sem parar aquele balanço, decorando as letras das músicas no encarte com eles na frente da cidade azul e, com certeza, inventando alguns passinhos porque o Sampa Crew pedia, e eu amava dançar. O problema é que eu não tinha dinheiro, a minha mãe só levantou a sobrancelha e torceu a boca, e pro meu pai eu não tinha coragem de pedir absolutamente nada depois da coisa toda dos varais.

"Pobre não pode dá trela pra vergonha", a voz do meu irmão dentro da cabeça me dava força. Ele inventava histórias, fingia tristeza, até diminuía o volume da voz, e pedia. Eu ficava de cara quando tava junto, mas bico calado quando a mãe perguntava o que ele estava aprontando, pra não ser chamado de fofoqueiro, dedo-duro, cagueta.

Era nisso tudo que eu pensava enquanto esperava o ônibus, e em não ficar trancado embaixo da roleta. Até o centro era subir na parada da vila e descer no fim da linha, do lado da dos CORREIOS, mas, desta vez, sem que ninguém soubesse, testaria a minha memória até a Tinga. E seria corajoso, chegaria na frente da minha madrinha e diria: me dá um dinheiro?

Quando o São José chegou, subi atrás de duas mulheres e me atirei por baixo da roleta, mas, ansioso como sempre, no balanço do ônibus fazendo uma curva, arrastei as costas no chão; nunca tive força pra sustentar o corpo todo nos braços. Levantei do jeito que pude e caminhei de cabeça baixa pro fundo do ônibus, tentando fugir dos olhos do cobrador, de qualquer coisa que ele pudesse dizer.

Morar próximo do final da linha do ônibus tinha alguma vantagem: nas próximas paradas, seria muito difícil subir algum conhecido do pai e, de noite, tomar aquela tunda por pegar ônibus sozinho. "Tu quer matar a tua mãe do coração?", ele diria, "Tá achando que se governa!", diria também, e, por fim, o pior: "Me traz aqui o cinto".

Nunca gostei de estar sozinho fora de casa, por mais que eu também não me sentisse muito bem perto demais de qualquer pessoa. O mundo sempre me pareceu cheio demais de gente que ficava me olhando estranho, mas dessa vez eu estava decidido.

Tentando não ficar batendo cabeça no que não tinha mais conserto, do fundo do ônibus, olhava pra todo mundo e tentava imaginar o que aquelas pessoas faziam e aonde iriam, mas naquela hora era difícil porque os trabalhadores já estavam no cafezinho depois do almoço, e os estudantes do turno da tarde já estavam dentro das salas de aula. Sem esses todos, restavam umas dez pessoas dentro do ônibus, que bem podiam estar indo em algum lugar comprar algo, indo numa consulta médica na Santa Casa ou, os mais retardatários, indo no Sine ver o que tinha sobrado das vagas de emprego, ou ainda só dar uma banda na Redenção, aquele parque grande onde se podia alugar bicicleta.

Eu havia decorado o nome do ônibus da minha madrinha, Restinga Nova. E também onde pegar: era descer em frente do colégio Julinho e atravessar pro outro lado da avenida, lá naquele paradão do lado do Shopping João Pessoa. E foi o que eu fiz. Mas, todo espiado, quando já estava no paradão, vi um guri vindo olhando direto pra mim. Quando ele chegou bem perto, fiquei na minha, vi que não era ele, mas ela, uma guria de cabeça rapada e cara invocada. Se sorrisse seria bem parecida com o Jackson, mas ela não sorria de jeito maneira. Lembrei da minha mãe dizendo que o que é pra nós sempre vem, não adianta tentar fugir. Então só pedia em silêncio que o meu Restinga Nova viesse logo.

– Pra onde tu tá indo, guri? - ela disse. Fiquei calado, vendo ela me fuzilar direto, de cima a baixo, com o olhos parando nos meus dedos já suados nos chinelos brancos. – Você é mudinho, é? – completou.

– Não tenho nada, me deixa em paz. – falei e andei mais pra ponta do paradão. Ela me seguiu.

– Tá me tirando, é, pirralho? – Ela falou, levantando a voz. Enquanto muitos ônibus passavam jogando fumaça e poeira em nós, as pessoas em volta nos olhavam como se fôssemos duas crianças sem pai nem mãe, que logo iriam se pegar no pau ali mesmo. E o pior é que ela era maior do que eu. E tinha aquele olhar parado das pessoas que sabem brigar feio. Tive medo do que ela pudesse fazer, o Teco sempre dizia pra não inticar com as pessoas da rua. Elas podem fazer coisas que depois não têm conserto.

– Qual o teu nome? – perguntei, tentando ganhar tempo. Vinha lá longe mais uma penca de ônibus.

– Tina. Pra onde tu tá indo, guri?

– Tô esperando o Restinga Nova – disse. Não queria que ela me seguisse. Minha madrinha não ia gostar.

– Tu gosta da tua mãe?

– Gosto sim – respondi, meio sem entender o que ela queria com aquela pergunta. Ela ouviu a resposta e ficou quieta, ainda me olhando direto como se tentasse saber se eu tinha mentido, mas antes que pudesse ouvir mais coisas estranhas, corri pro Restinga Nova. Depois, ainda no mesmo fôlego, me atirei por debaixo da roleta e, mais uma vez me arrastei no chão. Já de pé, olhei pela janela, e a Tina continuava lá fora. Respirei aliviado e, quando o ônibus arrancou, pensei: te cuida, menina.

A Tinga era bem longe; o ônibus parava mil vezes, pegava muita gente até começarem a reclamar com o motorista pra ninguém mais subir. O calor da tarde escorria na minha cara. Me dava até enjoo ficar apertado naquele ônibus que balançava pra cacete, daí só restava tentar catar algum vento na janela. Quando achava que ia chamar o Hugo, eu pensava em Cosme e Damião; pra santo era mais fácil pedir ajuda.

Era sempre assim: depois de um tempo que eu não sabia contar, o ônibus fazia aquela curva grande pra esquerda, e as pessoas se alertavam. A Restinga Nova era tão longe que parecia outra cidade, com centro próprio, igreja própria e escola de samba própria. Depois da curva, eu respirava melhor, esquecia dos enjoos e me antenava nas janelas: não podia marcar touca, perder de vista os blocos de apartamentos e o mercado do canguru, onde tinha que descer.

Eu gostava mais da Restinga Nova do que de Porto Alegre, pra mim eram dois mundos bem diferentes. Ficava feliz quando a minha mãe me mandava passar as férias na casa da minha madrinha lá. Naqueles tempos, eu podia ser eu mesmo com as filhas da minha madrinha e com os amigos delas. A gente fugia pra noite e corria aquelas ruas retas todas. Uma vez fomos escondidos pro ensaio da escola de samba. Outra vez pulamos um muro alto pra tomar banho de piscina. Outra vez ainda, isso eu nunca contei, alguém descolou uma carteira de cigarro fechada, e a gente fumou ela toda em uma hora. Foi tri, apesar de tossir e depois chorar de tanto rir, um tirando mais sarro da cara do outro.

Desci no canguru ainda com o riso nos lábios de lembrar das férias. Agora faltavam algumas ruas até a casa amarela que tinha uma árvore de acerola na frente. Mas, deixando o enjoo pra trás, uma outra coisa começou a tomar conta de mim. Comecei a me sentir tão sozinho no coração, mesmo caminhando naquelas ruas que eu já tinha caminhado e sido eu mesmo sem meus irmãos. Parei um pouco porque parecia que começava a me faltar o ar. Olhei pra minhas mãos, que suavam. Sequei a testa na borda da camisa, e aquilo piorou a situação, uma mancha marrom e úmida sujou minha camisa. Tirei a camisa pra virá-la, mas daí vi a sujeira nas costas de se arrastar no chão dos ônibus. Olhei ainda para os meus pés, e eles estavam sujos de tanto suor e poeira das ruas.

A cada passo, a cada esquina que eu dobrava, ia caindo cada vez mais na real: havia ali eu, um menino sujo, que não conseguiria inventar histórias, fingir tristeza, diminuir o volume da voz e pedir. E me vinham no pensamento a cara do meu pai dizendo "Você não tem vergonha na cara?" e aquele olhar da mãe, que me deixava triste sem precisar dizer uma só palavra.

Então empaquei a uma distância segura, quando já dava pra ver o pé de acerola. Eu não conseguia fazer isso. Eu não era o meu irmão, eu não era a Tina - quem era ela pra perguntar se eu gostava da minha mãe?

O Sampa Crew ia ter que esperar, disse pra mim, debaixo daquele sol, enquanto engolia o choro, jurando que nunca mais ia pedir nada pra ninguém.

Camelos

Sempre fui o tipo de pessoa que chega atrasada. Foi assim nas brincadeiras, nas palavras, no amor. Tanto que, enquanto meus irmãos cresciam os olhos sobre as meninas e fugiam para a rua depois que nosso pai começava a roncar, eu recém aprendia a retirar o plástico da carteira de cigarros.

– Na manha, sem pressa – disse o Teco, me fazendo parar e prestar atenção no jeito que ele fazia.

O Teco, que no documento se chamava Alessandro, tinha o apelido de Teco de tanto pedir um teco das coisas que comíamos. A mãe dele passava o dia inteiro trabalhando, daí era alguma coisa no café da manhã antes de ela sair, um teco aqui e outro ali durante o dia e alguma coisa na hora da janta quando ela voltava.

As mãos dele eram grandes, lisas, dedos longos e escuros contrastando com as unhas bem brancas e roídas. As minhas eram menores, com dedos finos de quem já sabia desenhar e ler gibi e colecionar papel de carta e tirar nota dez na redação da escola e lavar louça e passar de primeira a linha pelo buraco da agulha e disfarçar furo na roupa.

Imitando o Teco, desmanchei lentamente uma carteira e acabei com duas folhas: a branca com a linha dourada na ponta e a outra em que a marca do cigarro era impressa. Dependendo do preço do cigarro, era uma cor, um desenho, um brilho diferente.

– É ouro esta bordinha? – A pergunta idiota pulou da minha boca.

– Abobado – Teco respondeu, em meio à sua perícia em alisar os papéis com a palma da mão sobre a coxa. – Agora é só dobrar ao comprido e pronto, uma carteira, duas carteiras – disse, satisfeito com o trocadilho.

Assim passamos a tarde, perambulando pela vila, revistando lixeiras, buracos e terrenos baldios, desde a nossa rua lá em cima até a parada do ônibus que ficava próximo ao posto de saúde. A cada novo tipo de carteira encontrada, os olhos dele brilhavam e, mesmo não podendo ver, sabia que os meus brilhavam junto.

– Essa é minha, vi primeiro – gritei, mesmo sem acreditar naquelas palavras. Ele era maior e podia tomar o que quisesse de mim, mas aceitava com gosto meus primeiros acessos acumuladores como um professor que percebe o potencial do aluno. Eu gostava da sua presença, era o único que não me tratava como criança. E, quanto mais ricos de carteiras, mais corríamos em direção às sacolas de lixo penduradas nas cercas das casas. Além de vizinhos e amigos, éramos agora cúmplices na busca pela riqueza desprezada pelos fumantes.

– Olha esta com o desenho do camelo, a mais difícil de achar. Os guri vão ficar de cara quando ver. Aposto que foi um gringo que subiu aqui pra buscar pó e deixou ela pra mim. – Era nítida sua alegria, o rosto se iluminava e esquecia por alguns momentos de roer as unhas.

– Pode ser o vereador aquele que tava pedindo voto nas casas ontem – falei, porque sabia que quem subia atrás de pó vinha de carro e só baixava metade do vidro, colocava a ponta da mão com o dinheiro para fora, pegava o pacote e pisava no acelerador. Não dava tempo de fumar um cigarro inteiro, menos ainda terminar a carteira. Muitas vezes eram os motoristas dos putagringos que vinham buscar, e esses fumavam cigarro comum – Derby, Dallas ou, se quisessem fazer um grau, Free de caixinha.

– Bem mela cueca esse vereador. Deve ser dele este cigarrinho aqui. Ainda dá pra sentir o cheiro de cravo e canela. Põe vinho e umas bolinha branca nesta carteira e vira Sagu na hora – falou, se rindo e lambendo a boca.

– O que tu vai fazer com a do camelo? Troco por uma das minha ou, se quiser, tenho bolita e figurinha dos Cavaleiros do Zodíaco em casa – falei quase suplicando, já imaginando aquele camelo em tamanho maior no meu caderno junto dos outros desenhos.

– Nada a ver, você só tem Derby e Belmont, essas não valem nada. Tipo mato, cigarro de bêbado, tem em tudo que é canto.

– O que tu quer nela, então?

– Cinco dessas Belmont aí e uma Trakinas já dá pra pensar – ele disse, depois de um tempo de silêncio. Arregalou os olhos quando aceitei com um "tá" e rápido me entregou a carteira do camelo já fechando o negócio.

Seis horas, Ave Maria no rádio, a gurizada que estudava de tarde aparecia na esquina lá embaixo. Todos se coçando para o combate.

Bola colocava num saco as carteiras dele, assim elas não ficavam moles como as nossas que guardávamos junto ao corpo no elástico da bermuda. Ele tinha uma vantagem sobre os outros: o pai, a mãe e a irmã fumavam. Todos já sabiam que ele ficava só de butuca nas carteiras vazias, tanto que às vezes o pai deixava os cigarros soltos na prateleira do roupeiro só para não ficar aturando o olhar pedinchão do filho. Bola gostava também de se exibir com as carteiras com nome estrangeiro que a irmã trazia da casa da patroa.

A minha xinxa era de caco de telha marrom. Passei um bom tempo lixando-a no piche da rua que passava o ônibus, para que deslizasse feito Airton Senna em direção ao pódio, aliás, em direção às carteiras na raia. Não queria usar um chinelo feito o Edmundo ou o Nego Bio, nem uma pedra-ferro daquelas pretas igual à do Teco.

Nas primeiras rodadas, fiquei só de olho. Zoaram-me de "arregão", mas queria saber as manhas antes de arriscar. Bola jogava muito mal, aqueles óculos fundo de garrafa que ele usava só aumentavam o tamanho dos olhos, não a capacidade de enxergar.

Teco era veterano, num lance rapava a raia e deixava os guris tudo de olho torto.

– Nesta rodada, eu não vou – falou, olhando pra mim, como quem diz "deixo esta pra ti". Bola, Edmundo e Nego Bio aceitaram, porque estavam perdendo. Tentaram escolher as carteiras que eu iria casar na raia; ninguém queria as feitas com folha branca.

– Só se eu puder escolher a de vocês – falei porque também não queria as brancas nem as mais estragadas pelo atrito das xinxas sobre o chão.

Teco ficava rindo e dizendo:

– Esses guri vão te levar até as cueca.

Cresci o olho e fiquei vesgo, joguei duas rodadas e perdi quatro carteiras. Mas eu iria recuperar, estava sentindo que algo de bom aconteceria, precisava só esquentar mais um pouco. Então, mesmo conseguindo ser o primeiro a jogar, não sei o que aconteceu, o caco de telha quicou no chão e passou em alta velocidade pela raia. As carteiras balançaram, mas não saíram do lugar. Fechei os olhos na hora em que o Edmundo atirou o chinelo de lado como se fosse um daqueles discos de brincar na praia. Quando os abri de volta, percebi que o chinelo tinha patrolado a raia. Nego Bio correu gritando "não valeu" e Edmundo o peitou com um soco. Nesse momento, restava a do camelo no bolso e uma das brancas na minha cintura.

Teco resolveu voltar ao jogo, mas tudo estava acabado: Edmundo e Nego Bio continuavam brigando e Bola já tinha sumido com o saco de carteiras pela metade.

– Vamo lá em casa pegar a tua Trakinas – murmurei para o Teco.

– Tá certo, aqui não rola mais nada – respondeu, brincando com a mão no meu cabelo.

Distante dos outros, eu dizia:

– Para com isso.

E ele retrucava:

– Tá com cara de que vai chorar.

Colocou o braço sobre meu ombro no meio do caminho. Dobramos algumas vielas e, quando chegamos ao começo da nossa rua, seu braço já não estava no meu ombro, também a Trakinas não tinha mais importância. Do lugar onde estávamos, dava para ver a fumaça meio cinza meio preta que saia da casa do Teco. Havia um monte de gente olhando, tanto que depois que corremos, foi difícil chegar bem perto. De longe já se ouviam os gritos, a mãe dele recém tinha chegado do trabalho e devia pensar que o filho pudesse estar lá dentro. Eram gritos de dor, gritos de morte, que, após ela o ver, transformaram-se em gritos de fúria.

– O que tu fez, demônio? – ela dizia, enquanto o agredia e ao mesmo tempo o abraçava em frente aos olhos da vila e do fogo.

Bombeiros não chegavam ali. Então, algumas pessoas jogavam baldes de água, outras tentavam emendar mangueiras, mas o fogo não recuava, seguiu seu curso e queimou mais algumas casas até descansar sob o silêncio da noite.

Enfiaria minhas mãos nas lixeiras do mundo e lhe daria todas as carteiras que encontrasse, tudo para que reconstruíssem aquela casa e não fosse preciso voltar para o interior. Mas, quando ele veio se despedir, percebi que eu estava atrasado mais uma vez.

Entreguei-lhe o pacote fechado de Trakinas e, em meio a um sorriso frágil de olhos que desviavam, ele já estava distante.

Big Bang

Existe um momento, um ponto em que tudo o que a gente tem perde a importância e resta só o medo do futuro. Às vezes, quando estou deitado no escuro do quarto e penso nisso, tento enganar o medo listando todos os desenhos animados que eu já vi. Mas ele é tão grande, tão forte, que acabo fazendo promessas. O problema é que não sou muito bom em cumpri-las.

O Rick também não é bom em cumprir promessas. Lembro-me dele jurando que ia ser famoso igual aos caras da África que ganham todas as corridas. A professora de educação física da escola até descolou vaga na equipe de corrida de um clube, mas o Rick disse que não tinha como, dois ônibus para ir e dois para voltar saía caro, fora a comida e o fardamento. Na escola, a gente inventou uma rifa para ajudar a ida para o clube, mas depois de um tempo ele enjoou e não foi mais.

Então, quando ele disse: "eu vou ser ladrão", todo mundo se olhou. A gente sabia que a brincadeira ia terminar sem graça, naquele ponto em que ninguém mais tem fôlego de correr atrás para pegá-lo.

Edmundo também só queria ser ladrão. Ele gostava de se esconder e, às vezes, se "mocozava" em casa para comer pão com patê e tomar Ki-Suco, enquanto os outros ficavam procurando feito idiotas.

Com o Bola não dava para contar. Sempre colocava a mão no peito, fazia cara de cansado dizendo que tinha asma, que os óculos podiam cair e quebrar e, quando a brincadeira começava, sentava num canto e assistia como se fosse televisão.

A verdade é que ninguém gosta de ser polícia. Principalmente porque a brincadeira sempre acaba estranha, a polícia leva soco se rasga a camiseta do preso na hora de prender. Então o Nego Bio, o Teco e eu tínhamos que ser os polícias. Só que naquela vez o Teco não morava mais ali.

Nego Bio corria bem. Eu corria menos que ele, mas não gostava de ser polícia por outro motivo: os policiais da nossa brincadeira não tinham folga, nem paradinha para o cigarro e cafezinho igual aos de verdade. Tudo dependia de nós. E eu cansava rápido, mas continuava correndo porque, se parasse, o Nego Bio podia se enfezar de estar correndo sozinho e alguém brigaria certo.

Deixei o Nego Bio se matar um pouco no começo, e os guris acharem que eu já estava cansado. Nem me importei com os risinhos das gurias me imitando e dizendo "olha lá como ele corre". Esta coisa me incomodava, mas já sabia que, se não ignorasse, aí é que não parava nunca. E eu tinha uma estratégia naquela noite: dar um pique atrás do Rick mesmo sabendo que não conseguiria pegá-lo. Depois me camuflaria pelas ruas de baixo. E, na volta, entraria em casa pelo pátio do vizinho dos fundos e surpreenderia o Edmundo.

O problema é que o Rick dobrou uma, duas, três ruas e desatou em linha reta lomba abaixo. Eu, atrás, tentei diminuir o ritmo, mas não consegui controlar as pernas. Meus passos ficaram maiores como se eu estivesse numa corrida de obstáculos, ainda mais quando o chinelo começou a deslizar. Não deu outra, rolei no chão. Cada volta que meu corpo dava, sentia uma dor diferente. Primeiro o cotovelo, depois o joelho e, por fim, a palma da mão direita que se arranhou toda na terra tentando frear.

Quando estacionei, ouvi minha respiração. Depois os passos do Rick voltando.

– Tá vivo? – ele falou, meio rindo meio me ajudando a levantar.

– Não sei – respondi, me sentindo mais idiota ainda, com vontade de chorar. Meus olhos se encheram de água, água quente e, o mais rápido que pude, os limpei com o lado de dentro da camisa.

– Segura aqui – ele disse, virando o ombro para que eu pudesse me apoiar e recolocar os chinelos. Ainda estava na cara dele a risada, e isso me fez sentir mais idiota.

– Eu sou muito estranho mesmo – murmurei, mexendo a cabeça tentando engolir aquela situação.

– Para com essa coisa de estranho – falou, mudando a expressão do rosto como se desse ordem para uma criança, o que me deixou mega-ultra-blaster envergonhado. Tudo ardia, o joelho, o cotovelo, a palma da mão com terra no sangue e, a cada passo que eu dava, pensava mais em ir para casa.

— Você está preso — disse, quando me dei conta de que eu estava encostado nele.

— Que policial esperto você é — retrucou, com uma risada sonora que acalmou aquele clima pesado.

— Vamo ali em casa, que eu vou te ajudar — disse, mudando o rumo do caminho de volta.

Ele me soltou quando precisou utilizar as duas mãos para abrir o portão. Nesse pequeno momento de abandono, senti frio. Algo embrulhou meu estômago. E se o pai dele estivesse bêbado lá dentro? O que diria a vó dele ao descobrir um garoto estranho, eu, àquela hora dentro de casa dela.

— Deixa, vou pra minha casa. Seu pai deve estar aí.

— Ele não mora aqui, você sabe. Ele mora na casa lá dos fundos.

— Ah! — Eu já não sabia o que sabia, estava só indo portão adentro.

— Vó, você está aí? — grita, quando abre a porta e nos deparamos com a TV ligada na sala vazia.

— Aqui na cozinha.

— Tem algo pra machucado? Meu amigo aqui se ralou lá na rua.

— Pega no banheiro, na gaveta da esquerda do armário da pia.

Eles falavam gritando, igual às pessoas no programa de auditório na TV.

Estavam lá, na gaveta da esquerda como ela tinha dito, um pacote aberto de gaze, spray de limpar machucado e um vidrinho velho de mercúrio.

– Senta ali – ele disse, apontando para o vaso verde com a tampa abaixada. A pia também era verde. Um conjunto simples, mas limpo, que combinava com as lajotas do piso e das paredes de um verde mais claro. Ao fundo, uma cortina branca de plástico sem brilho escondia a parte do chuveiro atrás de um degrauzinho também revestido do mesmo verde.

Primeiro molhou a toalha de banho na pia e a torceu um pouco. Depois pegou meu braço e o virou com força. Esfregou meu cotovelo com a toalha fria. Então foi a vez da palma da minha mão, que limpou com atenção. Tudo ardia no tecido ralo e úmido, mas aguentei. Daí foi a vez do joelho. Ali se demorou um tempo maior. No centro do joelho havia um buraco em que o spray borbulhava um branco a se banhar no vermelho do sangue. Então com cuidado secou com a gaze e colocou o mercúrio. Encolhi a perna, por instinto, com medo da ardência.

– O que foi? – perguntei, ao ver que ele ria.

– Um policial com medo de mercúrio – disse, balançando a cabeça. Então apertou o spray também no meu cotovelo e na palma da mão. Fez o mesmo com a gaze e com o mercúrio.

– Obrigado – falei, quando, no silêncio, voltei a me sentir idiota.

Ele olhou bem para mim e, num susto, me beijou. Um beijo molhado e apertado.

Na hora, meus olhos se fecharam e gelei feito o verde do banheiro.

Logo algo quente e violento me atacou por dentro.

Eu não tinha mais palavras. Minha língua gigante, pesada, grudenta dentro da boca.

Qual era a expressão na minha cara quando me soltou? Susto?

— Foi mal — ele disse, tentando se salvar do meu silêncio.

Então, quando aquele medo tomou conta de mim, o acertei bem no rosto. Eu não queria que ele me visse assim.

— Eu não quero ser estranho — gritei, e saí correndo. Ao passar pela sala, vi a vó dele de pé no corredor apoiando-se numa muleta. Os cabelos numa trança prateada malfeita sobre o ombro. A pele escura reluzia na luz da sala. A perna direita enfaixada numa tala branca, acima uma espécie de pijama-camisola florido até o joelho. Seu olhar era terno.

Atravessei a noite em rota de fuga. Parecia que eu não era mais apenas eu. Havia o outro que não mais ficaria trancado dentro de mim.

Ao entrar em casa, me senti mais estranho, fosforecentemente estranho diante do que me era mais seguro: a minha mãe na sala vendo televisão. Passei rápido e me tranquei no quarto tremendo a ponto de precisar sentar na cama de baixo do beliche para respirar.

As palavras molhadas pela saliva que não era mais só a minha ainda não saíam. Era como se tivessem escorregado tudo pela garganta e se amontoado no estômago.

Os pensamentos fervilhavam no escuro do quarto, como se algo houvesse se rompido. Feito disco arranhado, reprisava o estalo daquele escuro em que meus olhos também se fecharam.

Assim, banhando os caminhos mais inacessíveis, enchendo o corpo, afogando tudo o que me escapava de promessa em promessa e que agora, mãos dentro da cueca, me trazia num instante de gozo e medo do futuro.

Na pista

Meus irmãos iam à frente com as mãos nos bolsos, ombros encolhidos, caminhando rápido como se estivessem atrasados, como se tentassem no silêncio escapar da imagem deles borrada por uma presença inesperada: eu.

Aquilo tinha começado antes, quando estava no quarto olhando para o beliche do lado vazio e imaginando o que tanto demoravam no banheiro àquela hora. Então resolvi ir até a cozinha tomar água, talvez ligar a TV que ficava na sala para assistir alguma coisa. Ligar a TV sem volume, é claro, pois nosso pai já tinha dado a ordem para irmos dormir.

Ao passar pelo banheiro, encontrei Felipe, meu irmão do meio, penteando os cabelos do Pedro, meu irmão maior. Além de ser um tanto inusitada aquela cena, "penteando" não era bem a palavra certa. Felipe tentava se livrar da espuma que devia ter feito misturando muita água no creme de cabelo.

Era comum os guris maiores amaciarem o cabelo crespo nos cabeleireiros da vila com "molho", uma mistura que ninguém sabia muito bem do que era feita, mas que a gente também não podia pagar.

– Eu sei ajeitar isso aí – disse, parado na porta.

– Volta pro quarto – resmungou Felipe, com seu jeito turrão de quem sempre nega e se fecha quando faz merda.

– Ajeitar o quê? – falou Pedro, já com a voz alterada, levantando e indo até o espelho na parede pra ver seu cabelo esbranquiçado, engordurado. Pedro era imprevisível. Felipe e eu tínhamos medo dele e às vezes até pensava que nossos pais também tinham, porque depois que ele se enfezava, só com uma paulada na cabeça para desenfezar.

– Dá um jeito nisso rápido – ordenou, olhando para mim. Agora uma insegurança me encontrava.

Sequei um pouco o cabelo dele com a toalha e depois fui até a geladeira e busquei a bisnaga em que mamãe guardava um preparado de babosa, uma mistura da gosma da planta, limão e creme. Mistura que ela passava com a mão no cabelo, sempre que precisava ir ao centro ou na casa do irmão.

Pedro pegou a bisnaga, abriu, cheirou, fez uma cara de indecisão. Depois me entregou o frasco e se sentou no vaso com o espelho laranja da parede agora nas mãos.

Fiz exatamente como tinha visto mamãe fazer tantas vezes, de pouquinho em pouquinho fui passando o preparado no cabelo dele. O cabelo do Pedro era seco e, com a mistura de babosa, começou a adquirir uma forma ondulada bem brilhosa.

Quando terminei, ele se olhou mais um pouco no espelho e abriu um sorriso disfarçado.

– Valeu, pirralho – disse, saindo do banheiro em direção ao quarto.

— Quero ir junto — falei, engolindo o som da última palavra. Todo mundo estava comentando, o último baile "às verda" do ano, mas não havia como eu ir até aquele momento.

— Fica na tua — disse Felipe, me encarando.

— Se vocês não me levarem, eu vou agora lá no quarto do pai — ameacei, sabendo que, naquele momento, era tudo ou nada. Acordar o pai àquela hora era baile de cinta. Ainda mais que ele tinha chegado do trabalho com cheiro de bebida.

— Se ele fizer gritaria, eu mato os dois - Pedro falou, apontando pra mim e depois para o Felipe, daí deu as costas e foi até o quarto.

— Eu não vou ser a tua babá — Felipe disse. Fiquei muito feliz e o abracei. — E vai colocar uma roupa decente, pirralho dos infernos — falou, me empurrando.

Assim, com roupa de sair e muito perfume, fomos para a noite.

Eu tinha medo de que algum conhecido do nosso pai nos visse na rua àquela hora, eu tinha medo de que a polícia nos parasse em alguma esquina — o Edmundo uma vez disse que os menores eram levados para a FEBEM —, mas eu tinha mais medo de que não permitissem que a gente entrasse na festa. Pior se só eu não conseguisse entrar e tivesse que voltar todo aquele caminho, quase meia hora a pé, sozinho.

O lugar era um clube de tênis com o nome Santa Catarina. Pelo que soube depois, o clube faliu e o espaço rodou de mão em mão até que começaram a alugar para festas. O CatBlack, como passamos a chamar, ao pé do morro, fazia o baile charme preferido dos meus irmãos. E, naquele momento, o meu.

Entramos e era como se estivéssemos na feira; não com bancas que vendiam produtos diferentes, mas com grupos dançando passinhos em espaços demarcados na pista – dois pra lá, dois pra cá, vira, volta, frente e trás e por aí vai. Era só escolher, chegar perto e acompanhar. Quando o DJ tocava, muitas pessoas aplaudiam, como se estivessem a noite toda aguardando para ouvir aquela música. Ninguém precisava se justificar, pedir licença para estar ali. Todos pareciam se conhecer de longa data, até os que se falavam pela primeira vez na fila da entrada.

– Quem é o neném? – disse uma menina com muita maquiagem no rosto, apertando minha bochecha como se eu tivesse seis anos.

– Nosso irmão mais novo – disse Pedro, enquanto Felipe acenava para um cara do outro lado da pista.

A menina se chamava Jéssica. Depois o Felipe me falou que ela tinha dezenove anos, dois a mais que o Pedro. Ela conhecia todos na festa e acho que isso deve ter ajudado a nossa entrada, porque o Pedro tinha dito o nome dela para o homem da porta. Gostei de ver meu irmão mais velho todo apaixonado, um cachorrinho de estimação que a Jéssica carregava pelo salão.

O cara do outro lado da pista chegou e cumprimentou o Felipe. Eram colegas da escola. Ele falava com um sotaque. Parecia que as palavras dançavam no balanço das músicas. O corpo, ao contrário, era duro como se os pés só entendessem o contorno quadrado do piso sujo.

"Nosso irmão", assim Felipe me apresentou. Devia ter uns dezesseis anos e, falando, era uma metralhadora. Genilson não sabia dançar, mas tentava, e eu achava engraçado a sua falta de jeito. Ele era da Bahia.

Bonito igual ao Adam do Streets of Rage, fita do Mega Drive, que eu jogava na locadora de videogame da vila.

Depois que o Pedro e a namorada se sumiram, ficamos os três ali parados olhando a festa. Por mais que o Genilson puxasse assunto, o Felipe parecia incomodado, só respondia com "ahã!".

A melodia suave das músicas me fazia balançar. Enquanto olhava um ou outro grupo dançar, tentava memorizar os passos. Logo recebi sorrisos cúmplices e me arrisquei, entrei na dança. De vez em quando, eu fechava os olhos e me imaginava lá na sala de casa dançando em frente da TV. E muitas vezes ali eu também só queria que a música não tivesse fim.

Genilson tentou acompanhar, mas foi vencido por muitos passos errados. Não demorou muito, saiu com Felipe para comprar uma bebida. Pelo menos foi o que entendi do sinal que fizeram.

Depois de duas, três danças, o DJ anunciou que era hora de "chegar junto bem devagarinho". As luzes diminuíram e uma música lenta tomou conta do lugar. Os guris corriam de um lado para o outro procurando por uma menina sozinha com quem dançar. Até hoje, quando escuto a batida inicial e depois a voz do Keith Sweat cantando Nobody, sinto um pouco daquele aperto no peito, daquela solidão que eu não sabia que podia existir no meio de tanta gente bem arrumada, dançando e sorrindo.

Não tive coragem de convidar alguém para dançar, também não sabia dançar junto assim. Olhei em volta, e nem cheiro dos meus irmãos. Acabei sentado num banco no canto da pista.

As pessoas ali tinham uma felicidade suave, diferente da felicidade dos videoclipes ensolarados que eu assistia na TV nas tardes em que meu pai trabalhava, meus irmãos corriam rua, minha mãe ocupava-se com alguma coisa na cozinha e meus amigos se enfurnavam na locadora de videogame para jogar futebol. Só que essa felicidade toda estava me deixando triste. E não era uma tristeza específica. Era um sentimento sem rosto, daqueles que abrem espaço na nossa mente para as dúvidas mais cruéis: se a gente gosta do jeito que a gente é, e se alguém além da nossa mãe vai gostar de verdade de nós. Até pensei que o Rick também podia pensar em tudo aquilo que eu estava pensando naquele momento.

Enquanto me encolhia cada vez mais, ouvi "Tá com cara de que vai chorar". Olhei para o lado rápido, e ele estava lá com um sorrisão. Usava boné, camisa para fora da calça e tênis. Caminhou até onde eu estava e me abraçou. Era o Teco.

– Não acredito que você está aqui.

– Vim com meus irmãos.

– Cadê eles?

Levantei as mãos, não fazia a menor ideia.

– Vamo dar um rolê, antes que você durma aí neste canto – disse, brincando com a mão no meu cabelo.

Saímos assim, como se a gente nunca tivesse se distanciado. Com o braço dele no meu ombro, caminhamos até a porta do salão. Lá fora, muitas pessoas fumavam, alguns saiam só para tomar ar. Ele disse que foi bom terem se mudado. Os parentes ajudaram, e já estava até trabalhando com o tio numa oficina. Disse também que veio com a mãe visitar uma amiga, e acabaram os três ali na festa.

A vibração sensual das músicas lentas fazia as pessoas se beijarem na pista, enquanto falávamos alto feito dois locutores de rádio. Teco queria saber do pessoal da vila, e eu tinha muitas histórias para contar.

Tanto a mãe dele quanto a amiga eram lindas e, se eu não as conhecesse, podia dizer que eram as irmãs mais velhas do Teco. Dançavam bem, tentavam se lembrar dos passos do tempo em que eram mais jovens. Teco me dizia os momentos de virar e dar os passos seguintes, mas ele mesmo se perdia, e todos ríamos.

Eu fiquei muito feliz de reencontrá-lo, de ver que estava bem e de saber que a nossa amizade tinha sobrevivido à distância. Mas também sabia que, em poucas horas, ele voltaria para o interior.

Então fiquei junto dele e tentei prolongar aquele momento o máximo que pude. O sorriso de amigo, de verdade.

O último da fila

Tirando aquela coisa de cantar o hino no pátio, eu adorava todo o resto na escola. Minto, eu não gostava muito das aulas de matemática. Mas adorava português, a tia Zoraide e sua biblioteca, as aulas de artes e de técnicas domésticas, o vôlei e o almoço, principalmente agora que tinha a nutricionista Doris. Não sei a mágica que ela fez, mas sair da bolacha e achocolatado pra comida de verdade, com direito a repetir, isso não tinha preço. O problema é que fazia dois dias que eu estava proibido de almoçar na escola.

Quando cheguei em casa correndo, me atracando no pão com margarina, minha mãe perguntou se eu não tinha comido na escola. Menti. Disse que a comida tava ruim, cebola crua em tudo. Ela me olhou desconfiada, e eu saí de fininho pra sala ver os Cavaleiros do Zodíaco na TV. Depois me disse que a gente ia sair pra visitar a minha vó.

A minha vó era a pessoa com as mãos mais macias do mundo, os cabelos mais brancos do mundo e com a roupa com mais cheiro de Naftalina do mundo também. Ela morava no interior, num lugar chamado Arroio Grande, um lugar muito mais longe do que a Restinga Nova. A vó era surda e falava com as mãos, com aqueles olhos azuis espertos e com os "pá, pá, pá", que só a minha mãe entendia. Nesse ano, a tia Mara buscou a vó para passar o Natal com ela e o Ano Novo com a gente na casa do tio Lauro. E a minha mãe, como numa missão de paz, ia lá fazer todas as combinações com a irmã dela.

Eu gostava da vó, mas estava com a cabeça cheia, pensando que é tão louco como as coisas podem sair do nosso controle de uma hora pra outra. Mais uma vez, eu não conseguia controlar as batidas do meu coração. E era diferente do que eu vinha sentindo quando lembrava daquele beijo, e eu lembrava toda hora desde sempre. Ainda mais depois que comecei a ver Confissões de Adolescente: pera, uva, maçã, salada mista. Outro dia ainda o pai me olhou direto e coçou a barba, até pensei que iria dizer "filho meu não beija homem, pega tuas trouxa e some das minhas vista", mas falou "busca lá na venda um martelinho com vermute, e não me inventa de derrubar no caminho".

Mas o problema agora era outro. Fazia dois dias que eu chegava correndo lomba acima em casa. Fugia da escola antes do sinal tocar, desde que o Jonas, um guri mal-encarado, que batia em todo mundo, furou a fila do almoço na minha frente. E eu, bem idiota, comentei de canto com a tia do refeitório, pensando que ela não fosse fazer nada na hora, mas, na frente de todo mundo, mandou ele sair do refeitório, e ir pro fim da fila. O olhar dele disse tudo: eu estava morto. Naquele dia, a comida não desceu. Quando o Jonas estava sentado comendo, saí porta afora, atalhei o colégio inteiro, passei pela quadra de esportes, pulei o muro e cheguei na rua de cima, daí corri esbaforido até em casa.

Desde então, parecia que o Jonas estava por toda a escola, que sairia de trás de todas as portas, entraria na minha sala a qualquer momento trazendo um saraivada de porrada bem no meio das minhas fuça. E eu não podia falar pra minha mãe porque sei que ela iria querer ir na escola, e não era bom se meter com a família do Jonas: a mãe dele havia batido na diretora e o pai, pelo que se falava, estava preso. Restava só criar estratégias para não encontrar o Jonas: chegar mais cedo na escola, não sair pro pátio no recreio, ir embora antes do sinal pro almoço e passar bem longe do refeitório.

Mal o Seiya de Pégaso tinha se levantado de mais uma luta difícil, minha mãe desligou a TV. Vai te arrumar pra gente sair logo, quero voltar antes do teu pai chegar. Meus irmãos estavam em algum lugar não sabido, mas eles já eram grandes dentro dos critérios dos meus pais, então tinham essas regalias de fazer quase tudo o que queriam, o que incluía não serem obrigados a visitar parentes.

A minha tia Mara morava num apartamento no bairro Jardim Botânico. A gente pegava o São José e logo descia na frente da Igreja São Jorge. Depois caminhava até a Avenida Ipiranga e, então, atravessava e caminhava um pouco mais. O sol quente deixava a mão da mãe escorregadia, então ela apertava a minha com mais força quando precisávamos atravessar qualquer rua. Entre uma avenida e outra, aproveitávamos pra catar, nos cantos das calçadas, folhas de tanchagem e quebra-pedra pro pai fazer chá.

Tinha muitos quadros nas paredes do apartamento da tia Mara. Alguns com desenhos toscos que o meu primo fazia. O meu primo era muito inteligente pelo que a minha mãe dizia, mas ele sempre ficava trancado no quarto quando tinha visita. Minha tia não deixava ninguém incomodar ele. Então, nesta visita anual, nunca via o meu primo.

Quando chegamos, fomos levados até o quarto em que a vó estava deitada. De longe, parecia doente, mas o branco dos cabelos continuava bem vivo. Quando nos viu, abriu um sorriso de olhos azuis e dentadura. E tratou de se levantar, não sem dificuldade. Eram tantos gestos e "pá pá pá", e minha mãe respondia tudo ligeiro. A vó me abraçou forte com aquela maciez e cheiro de Naftalina que eram só dela.

Eu adorava ficar olhando a mãe conversando com a vó; tentava decodificar aquelas imagens costuradas no ar, que era o jeito delas falarem com as mãos. Nessa hora, como se o momento fosse só da mãe e da vó, a tia Mara foi pra cozinha. Logo teríamos uma mesa de café posta, e as três, por horas, lembrariam de coisas que aconteceram muito antes dos meus irmãos e eu nascermos. Chegava uma hora que eu cansava de ficar olhando elas conversarem, então sentava no sofá, folheava as revistas da minha tia e olhava TV, ouvindo, de tempo em tempo, a mãe repetir que não era pra mexer em nada.

O tempo é muito impreciso na infância, ainda mais na casa do meu primo que vivia trancado no quarto, pintava quadros e não me levava pra brincar na rua. Acho que depois de umas duas horas, mais ou menos, a vó ficou cansada. Assim elas levaram a vó de volta pro quarto. Eu ali duro no sofá, já com vontade de voltar pra casa. Mas ainda não era hora, a tia e a mãe precisavam conversar. Assim, me deixaram na sala e se enfurnaram na cozinha.

Do sofá, vi todo o movimento: a vó saindo do quarto arrastando os chinelos, se segurando nas coisas, até se sentar no sofá ao meu lado. A vó parecia uma daquelas mulheres da bíblia infantil e, se tivesse cauda de sereia, podia muito bem, com seus olhos azuis e cabelos brancos, ser irmã do Rei Tritão da Pequena Sereia.

Ali do lado dela, eu não sabia o que fazer, menos ainda dizer alguma coisa com as mãos; fiquei fazendo cara de trouxa. Até que a vó meteu a mão por dentro da gola da própria blusa e tirou uma bolsinha de pano que devia guardar dentro do sutiã. Da bolsinha, tirou duas notas novinhas de dez reais. Arregalei os olhos. E ela, bem rápido igual aqueles gangsters dos filmes, dobrou as notas num quadradinho pequeno, colocou o quadradinho bem na palma da minha mão e fechou os meus dedos sobre ele. Estiquei a mão para devolver o dinheiro, e ela empurrou minha mão de volta. Então fez sinal de silêncio com o dedo na boca, beijou minha testa e, antes de arrastar os chinelos de volta para o quarto, sorriu no seu silêncio amoroso selando o nosso segredo.

Na volta pra casa, mostrei o quadradinho pra mãe. Ela tinha um quadradinho também, só que com mais notas. Com um gesto de silêncio igual ao da vó, ela disse pra não contar pros meus irmãos; você sabe como eles são, e não vá gastar tudo em besteira!

Eu precisava só comprar a minha vida do Jonas.

E, se sobrasse, o Sampa Crew.

Sem freio

Papai Noel da vila era a Dona Izolina e ela não podia me dar uma Cross igual à do Bola, só saquinho de sacolé com pipoca e balas que grudavam no céu da boca. Natal nunca é igual para todas as crianças. Isso eu sabia. Mais um ano sem bicicleta, pensava, enquanto minha mãe dizia que eu já tinha idade para entender.

– Cansei de ficar olhando todo mundo andando e eu não.

– Vá brincar que você está me deixando nervosa.

– Mas, mãe.

– Não tem mais, nem menos, eu já falei: você já tem idade para entender!

– Você prometeu.

– Já falei, você está me deixando nervosa. Olha ali, meu panetone nem está crescendo. Não quer ir para rua, então vai ler, escutar música, fazer alguma coisa. E tira esse tênis, que eu não quero ver ele imundo de noite quando a gente for jantar na casa do teu tio.

Essa coisa de Natal deixa todo o mundo doido atrás de roupa nova, panetone e trabalho. Ser o filho mais novo era difícil, ninguém ficava dizendo a toda hora o que os meus irmãos tinham que fazer.

– E aí, filhinho da mamãe – o Bola disse, ao me ver saindo de casa.

– Cala boca!

– Tênis novo?

– O que você quer?

– Por que você fala assim pra dentro?

– Não enche.

– Viu os guri?

Saí caminhando. Nem respondi. Tapei os ouvidos para não ouvir as merdas que sempre fala quando não fazem o que ele quer.

O Edmundo não estava em casa. Caminhei mais um pouco e vi a vó do Rick do outro lado da rua. Ela acenou para mim. Baixei a cabeça e segui andando. Encontrei a irmã do Nego Bio na esquina do colégio. Ela só sabia que o irmão tinha saído cedo. Andei quase uma hora até a faixa. Cheguei à feira chapado de tanto sol.

Edmundo carregava caixas de banana. Descolou um trampo fixo e alugou o carrinho dele. Dinheiro bom para um carrinho que era mais uma caixa de madeira com roda na frente e ripas pregadas dos lados. Ele estava feliz com a grana que ia ganhar. Depois mudou a expressão com uma olhada para os lados e disse:

– Apareceu uns cara roubando nossos clientes. Mas não dá pra se meter com eles, agora a feira tem dono e nós lá de cima é que somos os ladrão.

– E o Nego Bio?

– Tá grandão! Saiu faz pouco levando as coisa de uma tia aí – falou, abrindo um sorriso que logo morreu quando o patrão dele chamou para carregar outras caixas.

Fiquei mais um pouco para ver se o Nego Bio aparecia, mas quem chegou foi o Rick.

– E aí? – disse, depois de soltar o carrinho no chão. A cara do Rick estava toda suada. O couro cabeludo brilhava por entre os caminhos de rato que se formaram no cabelo dele cortado em casa.

– Legal – respondi, meio sem jeito.

– E o teu carrinho?

– Meu pai quebrou.

– Bah, que ruim.

– Ahã.

– O que tá fazendo?

– Nada. Já tô indo.

– Vou contigo, aqui já deu.

Caminhamos por um bom pedaço em silêncio como se carregássemos algo pesado. Às vezes, a gente se olhava e me vinha na mente o verde das lajotas.

– Desculpa. Eu não contei pra ninguém – ele disse, de repente.

De novo, eu não consegui falar. Não era raiva, nem medo, só uma coisa que vinha mais forte agora quando ele chegava perto.

– Você bate bem – falou, rindo. Então deu um pique empurrando o carrinho. Eu corri também, e todo o peso foi desaparecendo.

No meio do caminho, um cara de macacão azul acenou da frente da oficina mecânica.

– Rick, dá um tempo aí, tenho uma coisa pra você – o cara falou, quando a gente chegou perto. Eu não estava entendendo nada, menos ainda vendo o jeito sério do Rick na hora em que o cara foi lá dentro da oficina. Ele voltou com uma sacola, que fez um barulho estranho no carrinho do Rick. – Feliz Natal – ele disse. O Rick agradeceu e saiu empurrando o carrinho.

– O que tem na sacola?

– Peraí, a gente já vê – ele falou, andando rápido e olhando disfarçado para trás.

Tinha quatro rolimãs na sacola. Dentro de cada uma, bolitas de ferro giravam junto com o aro também de ferro. Saía até um barulho legal com cheiro de óleo quando a gente girava bem rápido.

– Por que ele te deu isso?

– Minha mãe foi lá em casa ontem e deve ter dito que a roda do meu skate quebrou.

– Que doido!

Conversamos durante todo o trajeto. Ele disse que o cara da oficina se chamava Paulo Polenta. Era o novo namorado da mãe dele. Ficava dando presentes e convidando o Rick para dar volta de carro. Falamos ainda sobre a feira, Natal, bicicleta e mais algumas coisas no caminho, mas, na frente do portão da casa dele, travei de novo.

– Para de besteira, entra aí, já te pedi desculpa. Aquilo não vai mais acontecer, eu prometo.

– Tudo bem. – De novo eu ia portão adentro sem saber o que sabia, naquele momento também o que queria.

Dessa vez, a vó dele estava no pátio mexendo nas plantas.

– Olha, Vó, o que o Paulo Polenta me deu.

– Eu já falei para você não se meter com esse homem – ela disse, enquanto Rick abria a sacola. Falava de forma firme, mas carinhosa, e me olhava como se eu também não devesse me meter com aquele homem.

– Eu sei, Vó, mas foi ele que me chamou. Você quer?

– Menino doido, o que vou fazer com isso aí? Você é que quer!

– Eu? – Rick perguntou, com a mesma expressão no rosto de quando vem falar comigo na rua, meio feliz e meio em dúvida.

– Sim, você. Venha cá – Ela falou, caminhando devagar e se apoiando na muleta, pelo corredor lateral em direção à casa dos fundos.

– O teu pai não tá aí? – perguntei, enquanto a seguíamos um pouco mais atrás.

– Não, ele tá trabalhando numa obra.

– Entra lá e me traz o martelo, o serrote e os pregos e parafusos que encontrar – ela disse.

Rick, com facilidade, entrou pela janela da casa do pai.

– Que bom que você voltou – ela falou, colocando a mão no meu ombro.

– Ahã – respondi, sem saber o que mais dizer, desviando dos seus olhos parados em mim.

Então o Rick apareceu na janela me salvando daquele silêncio. Ele tinha um baita sorriso. Achou o serrote, o martelo e um saco pela metade com pregos.

– E os parafusos?

– Não vi nenhum, Vó.

– Bom, depois a gente vê.

Então ela começou a dar ordens – "Peguem as tábuas que estão lá perto da churrasqueira e tragam para cá", "Essa, essa, essa e aquela", "Serrem ali, as duas do mesmo tamanho", "Cuida; não vai cortar o dedo", "Você aí, enquanto ele cerra, vai pregando aqui" –, e nós a obedecíamos, ainda mais quando entendemos o que ela queria. E passamos a querer também.

Depois de um bom tempo de trabalho, serrar as madeiras maiores, um lado reto e outro com bico, serrar e pregar o eixo fixo atrás e preparar o eixo móvel para colocar na frente, nos deparamos com um problema: precisaríamos de seis rolimãs e tínhamos apenas quatro.

– Vamo terminar o teu, Rick. Depois eu vejo se descolo umas rodas lá em casa.

– Deixa eu ver uma coisa – ele disse, se levantando e entrando na casa da avó.

Ela me olhou e, da mesma forma, devolvi o olhar de dúvida.

Não demorou muito e o Rick voltou com o skate embaixo do braço.

– A gente pode usar estas rodas aqui. Skate com três rodas não serve de nada – disse, enquanto me entregava o skate. Depois entrou de novo na casa do pai em busca do alicate.

Retirar as rodas do skate não foi fácil, mas conseguimos fazendo bastante força com as duas mãos para girar o parafuso com o alicate. Então, mais alguns pregos e tínhamos dois carrinhos de "Roliskatemã". No entanto, a sensação de missão cumprida ainda estava por um fio, ou melhor, por um parafuso, justamente o que não tínhamos.

Como iríamos juntar as duas partes, o eixo da frente com a parte de trás sem parafuso? Pensamos em usar o parafuso do skate, mas, só de medir, vimos que não servia. Pensamos em pregar tudo, mas daí não daria para dirigir. Quando estávamos aceitando a derrota por W.O., a vó do Rick disse:

– Deixa eu ver o que tem lá em casa.

A espera não tinha fim. Ouvimos do lado de fora o barulho das coisas sendo reviradas lá dentro.

– Minha vó sempre dá jeito em tudo.

– O que ela tem na perna, Rick?

– Ela caiu de novo, o médico disse que é fraqueza.

– Ela vai melhorar, pessoas boas sempre melhoram. – Sentia que me faltava alguma coisa e não sabia se poderia ser uma pessoa boa, as pessoas boas sempre me pareciam completas.

– Meninos! – Ouvimos a voz chamando e corremos para dentro da casa. Agora era a vó do Rick que me salvava dos pensamentos.

Encontramos os parafusos perfeitos, mas os mais difíceis de pegar. Tivemos que retirar as cobertas, o colchão, o estrado e levantar a cama da vó do Rick. Por um momento, ele quis desistir, mas ela disse que não havia problema. Tirássemos um da cabeceira e outro da parte dos pés que, com o peso, a cama ia aguentar, fora que do chão não passaria. Fizemos o que ela disse e ficamos cada um mais feliz que o outro com seu parafuso perfeito de porca quadrada e arruela grande.

Fazer o furo sem estragar a madeira não foi fácil, o pai do Rick não tinha furadeira, então, com a supervisão da vó dele, improvisamos com o martelo, com o prego maior que encontramos no saco e com uma faquinha de cozinha. Estava feito, e o eixo da frente não caía quando sentávamos no carrinho, nem quando tomávamos impulso com os pés.

— Agora vocês vão andar, que já me atrasaram todo o serviço do dia — ela disse, olhando para o relógio no pulso.

Do jeito que se equilibrava na muleta, dava para ver que estava cansada, mas havia em seu rosto um sorriso de satisfação. Rick a abraçou e saiu portão afora com o carrinho debaixo do braço; eu, meio sem jeito, fiz o mesmo.

Tentamos andar na rua da casa dele, mas não deu certo. A roda do skate na frente dos carrinhos atolava na terra barrenta. Bola ficava em volta olhando, pedalando e freando sua bicicleta perto de nós.

Depois de uma meia hora, Edmundo chegou. Ficou louco com nossos carrinhos. Trouxe o Luciano, um dos meninos novos que estavam trabalhando na feira. Quando Luciano botou o olho em nossos carrinhos, disse que tinha um igual e conhecia uma lomba boa se a gente quisesse bater uma corrida.

– A gente vai! – Edmundo decidiu por todos.

A casa do Luciano ficava no alto do morro vizinho. Colocaram piche na lomba principal. Subir aquela rua me deu um cansaço danado, o carrinho começou a pesar muito, depois da metade. O Bola, com a cara toda suada, já estava no chão empurrando a bicicleta.

Luciano caminhava na frente como se fosse o dono do morro aos quatorze, quinze anos. Tinha uma beleza bruta e triste. Duas vezes, durante a subida, se virou e olhou através de mim. Algo nele parecia não me querer ali, ou talvez estivesse apenas me testando. Então trocou olhares com o Jorjão, um conhecido dele, que se juntou a nós na subida e, pelo tamanho, devia estar no segundo grau. Rick, percebendo meu silêncio, puxava assunto comigo e, assim, eu me sentia mais seguro.

No topo do morro, Jorjão pediu a bicicleta emprestada, mas o Bola negou. O pai dele tinha recomendado que não a emprestasse para ninguém. Rimos todos com a explicação gaguejante. Eu ri, mas também sabia que, se o Jorjão pegasse a bicicleta e se embretasse em qualquer um daquelas ruelas, já era. O bom é que estávamos em maioria, pelo menos no começo. Depois, na medida em que entrávamos pelos becos, outros dois foram se juntando. O Jackson carregava um patinete parecido com o nosso, mas com aquelas rodas de plástico, que se usam em carrinhos de supermercado, e o outro, que não lembro o nome, um skate.

Quando chegamos, a irmã do Luciano pulava num Pogobol. Ficamos ali, no pátio da frente da casa, olhando ela pular naquilo enquanto ele entrou.

– Se você não dançar comigo, eu te tranco no armário – a menina disse para o Rick.

Todo mundo riu. Uma criança pequena, que falava como adulto.

– Mas como a gente vai dançar os dois em cima deste brinquedo aí?

– Não é brinquedo, é Pogobol que fala.

– Deixa eu pular um pouco no teu Pogobol?

– Não, você é muito grande. Se quebrar meu Pogobol, meu irmão te mata. Foi ele que trouxe pra mim.

Neste instante, uma mulher apareceu na porta e gritou para menina entrar. Ela fez birra, mas acabou entrando. A mesma mulher também mandou que a gente esperasse fora do pátio. Éramos uns oito ali.

Quando o Luciano apareceu com seu carrinho embaixo do braço, percebemos que não era igual ao nosso, era muito superior. Tinha rodas grandes e pretas de uma borracha dura, como se fossem uma miniatura de roda de carro.

Enquanto voltávamos ao topo da lomba, que recém havíamos subido, eu já não estava certo se queria bater corrida com ele. Menos ainda depois que o Luciano falou que não adiantava arregar, o vencedor ficaria com o carrinho dos perdedores. O Jorjão iria garantir as regras da corrida. Nesta hora, olhei para o Edmundo e ele virou o rosto.

Entramos numa cilada em terra estranha, todos sabíamos e não éramos mais maioria. Menos ainda quando o Bola saiu pedalando que nem louco lomba abaixo. Eu não o julguei, Jorjão cochichava com Luciano e olhava muito para a bicicleta nova do Bola.

Naquele instante vivo de expectativa e vontade de correr para o banheiro, quando emparelhamos os quatro carrinhos, o guri do skate tinha sumido. Olhar toda a extensão da lomba até lá embaixo me deu muito medo. Medo de morrer numa derrapada, medo de perder o meu carrinho, medo de fazer feio na frente do Rick.

– Segura com as duas mãos e deixa o corpo mais pra trás, nos vemos lá embaixo – o Rick me disse.

Não consegui falar nada, só acenei com a cabeça.

Jorjão contou até três, mas o Luciano, no dois, já deu um impulso com os pés.

Aquilo me irritou e dei um impulso com todas as minhas forças. A lomba era bem alta e a velocidade chegou rápido. Foi aí que percebi que meu carro não tinha freio.

O Jackson capotou com seu carrinho de rodas de supermercado bem na frente dos meus olhos. Por um momento pensei que ele tivesse batido no cordão da calçada, mas fiquei com medo de olhar para trás e me desequilibrar.

Eu não via o Rick, só o Luciano mais na frente.

No meio da lomba o Rick me alcançou. Ficamos lado a lado e, nesse momento, eu já não tinha medo.

Quando olhei de volta para frente, vi tudo acontecer em câmera lenta: uma das rodas de trás do carro do Luciano começou a girar igual a pneu velho, perdendo os pedaços. Então saltou fora e saiu rodando na diagonal. Para o lado oposto, o carrinho com o Luciano rolou pra baixo de um caminhão estacionado.

Quase no fim da lomba, o Rick emparelhou de novo.

– Freia – Ele falou. Então segurei mais firme no carrinho e coloquei os pés no chão. Fiz força com a sola dos tênis até parar já no plano.

Quando estávamos os dois de pé, nos abraçamos.

Olhamos lá para cima e vimos Luciano de costas cambaleando enquanto o Jackson, o Jorjão e o Edmundo corriam na direção dele.

– Vamo embora – eu disse.

Eu queria abraçar mais o Rick.

Eu queria mais também daquele sentimento de vencer.

O único problema é que olhei para o meu tênis todo ralado, e lembrei da minha mãe.

Passarinhos

Eu tinha beijado a Luceléia na frente dos guris, lá na Verdinha, um lugar longe de casa, em que as pessoas iam pra usar drogas, e que o Edmundo tinha nos levado a primeira vez pra caçar passarinhos. A boca dela era muito macia, a saliva tinha gosto esquisito, e o meu coração ficou mudo durante o beijo, mesmo ela tendo me passado a mão na bunda.

A Luceléia era minha colega de aula, e o Nego Bio vinha me arrodeando a semana inteira com várias histórias de que ela gostava de mim. E eu sabia que era verdade, o jeito que ela me olhava era igual ao jeito que o Rick continuava me olhando. Aquele tipo de olhar que deixa a gente incomodado, como se tivesse que responder uma pergunta que não precisava ser feita.

Se o Teco estivesse ali, talvez eu pudesse escapar, mas não teve jeito. O Nego Bio já tinha começado a se enfezar, metendo pressão, dizendo que não tinha a tarde inteira. O pior era ficar ouvindo o Bola repetindo que, se não beijar, não é homem.

Então beijei. E o Bola saiu correndo pra espalhar a notícia de que eu era homem. O Nego Bio saiu logo depois de dizer pra Luceléia não esquecer dele. No outro dia, soube pelo Edmundo que a Luceléia prometeu que faria as partes do Nego Bio com a irmã dela se eu a beijasse. Por fim, o Edmundo também se foi, só que no passo tranquilo dele de dono do mundo.

Ficamos eu e ela, um olhando pra cara do outro.

Então a Luceléia sorriu e me abraçou. No meio do abraço, ela disse que estava feliz que a gente ia namorar. Agora eu estava ali me sentido mais estranho do que nunca, só querendo que tudo terminasse de uma vez.

– Não vou namorar com ninguém – eu disse, chutando o balde.

– Mas você me beijou – ela retrucou, meio descompensada. Eu não queria brigar, a Luceléia sempre tinha me tratado bem. E a gente até fazia um que outro trabalho da escola juntos. – Você é uma bicha mesmo – ela disse, por fim, e saiu correndo. Acho que chorava.

Eu devia ter gritado "eu não sou", mas fiquei paralisado, como se tivesse tomado um tapa na cara. Só consegui olhar pras árvores, pros passarinhos, respirar fundo e dizer: eu nunca matei um de vocês, sempre atirei com minha funda pra errar.

Não tinha jeito mesmo. Tem coisas demais que a gente acaba fazendo só pra esconder o que não precisa de conserto. Eu estava me tornando expert em fazer estas coisas: me vigiar, cuidar os gestos em público, falar o menos possível, não dar pinta, não ser muito eu. Mas agora o expert se sentia engasgado, tentava encontrar forças pra triturar com os dentes cada letra, B-I-C-H-A, e, sem lágrimas, engolir mais esta palavra.

– Você tem que gritar mais – ouvi. Quando me virei, vi o Rick me olhando. – Você tem que colocar tudo isso pra fora – ele emendou. Eu não tinha mais forças, nem pra pensar no que ele dizia. Eu queria só me teletransportar pra dentro do meu quarto, ou pra bem longe dessa cidade, desse tempo: entrar naquele carro do De Volta para o Futuro e ir pro futuro mesmo, um futuro em que as coisas não fossem tão assim. Então sem responder ao Rick, saí caminhando, queria só chegar em casa e dormir até o outro dia.

– Aonde você vai? – ele insistia, caminhando atrás de mim.

– Me deixa, Rick, eu só quero ir pra casa.

– Eu não consigo te deixar – ele insistia, mais uma vez.

– Para, eu não tô bem – disse; então ele me abraçou forte por trás, segurando os meus braços, e eu senti a raiva explodir.

– Me solta, desgraçado! – falei alto.

– Continua – ele falou, sem me soltar.

– Eu te odeio – gritei.

– O que mais? – ele perguntou, me apertando forte.

– Eu odeio todos vocês – gritei, usando todas as minhas forças pra me soltar.

– Diz tudo – ele falou, agora me soltando.

— Eu só quero morrer — falei, já abrindo o berreiro, descontrolado. Então ele me abraçou de frente, e eu retribuí.

— Chora tudo — ele disse, por fim.

Chorei sem parar. Chorei até me sentir menos idiota. Chorei até conseguir respirar melhor.

Então dei uns tapinhas nas costas dele. Assim me soltou. E retomamos, em silêncio, a volta para casa.

— Você está com uma cara terrível, vamos lá na minha casa. — ele disse, mudando outra vez o rumo do caminho de volta. Parece que aquele "vamos lá na minha casa" inseria uma fita de Super Nintendo bem no meio da minha testa. Várias fases, que eu sabia exatamente como passar, apareceram bem na minha frente. Começando com ele usando as duas mãos pra abrir o portão da casa, e eu indo portão adentro. A TV da sala ligada num programa de auditório. O pai dele que não estaria bêbado lá dentro. O grito pra vó. Ela respondendo da cozinha. E o meu embrulho sem fim no estômago.

— Senta ali — ele disse, apontando para a borda da cama, logo que entramos no quarto dele. Depois ligou a TV do quarto, e estava passando o Top 20 MTV. Nesse momento, a placa-mãe do Super Nintendo dentro do meu cérebro deu tilt. Olhei pra cama e, junto do embrulho no estômago, começava uma tremedeira — Senta ali — ele repetiu, percebendo que eu estava travado — Fica tranquilo, a gente só vai ver uns clipes e conversar — completou.

— Eu tô cansado de falar, Rick — disse. E eu estava mesmo. As palavras não estavam ajudando. Talvez precisasse emudecer de vez. Quem sabe assim tivesse um pouco de paz.

– Eu entendo – ele falou – Mas quero te fazer uma pergunta. Só me responde esta, e, depois dos clipes que faltam do Top 20, você vai pra casa.

– O que você quer saber?

– Você me odeia mesmo? – ele disse, com a cara de quem espera uma resposta muito importante. Na real, eu não sabia por que tinha dito tudo aquilo.

– Eu não sei o que sinto por ti, Rick, mas não é ódio.

– Eu ainda gosto de você, mas, agora que eu sei que tá namorando sério com a Luceléia, vou tirar meu time de campo – ele falou, sério, como se estivesse se confessando na igreja. E, sei lá de onde dentro de mim, saiu uma gaitada alta. Eu não conseguia parar de rir, tanto que quase voltava a chorar. Não ria da Luceléia, não sabia por que ria. Tinha esquecido o quanto o Rick sabia me fazer rir.

Então, depois que eu consegui parar o riso, a gente se olhou de verdade.

Não tinha jeito mesmo; meu coração disparou igual o nitro do Top Gear.

Dessa vez, sem prestar atenção na maciez da boca, no gosto da saliva, sem me sentir tão estranho, aquilo parecendo o certo: eu beijei o Rick.

O futuro continuava assustador, mas agora eu tinha alguém.

– A gente vai namorar?

Dançarinos

Eu recém tinha feito treze anos e odiava praia. Mas, naquele momento, odiava mais aquela bicicleta. "Você já é grande" não era justificativa para ganhar um trambolho velho daqueles.

Para piorar a situação, a chuva começava a cair, meus irmãos e os novos amigos iam longe com suas Calói Cross. Dobram ruas desconhecidas e depois dobram de novo e de novo até que minhas pernas cansadas, os chinelos escorregadios e aquela bicicleta pesada desistiram.

Deveria ter ficado em casa. "Arambaré". Não queria ir praquela praia de nome estranho. Já era grande para muitas coisas, por que não para ficar sozinho por quatro dias?

– Eu não gostei dessa praia, mãe – disse, naquela manhã, enquanto passava margarina no pão molenga.

– Filho, você é estranho, hein? Anos pedindo bicicleta, quando teu pai te arruma uma, reclama. Eu sei que ela é usada, eu sei que ela é um pouco pesada, mas foi você que não quis ir junto quando eles foram alugar. Aliás, vamos aproveitar esse momento porque não sabemos quando teu pai vai arrumar outro emprego, talvez só quando você for grande e tiver teu próprio dinheiro é que vai poder ir numa praia de novo. E não seja teimoso, daqui a pouco você não vai querer voltar para casa.

– Este lugar tá tão sinistro, cadê todo mundo? – perguntei, tentando apaziguar o silêncio que às vezes se instalava quando ficávamos sozinhos.

– Eu também não gosto destes dias cinzentos – ela respondeu, olhando para a janela.

– E o pai e os guri?

– Saíram para conhecer o centrinho. Pedi que comprassem um baralho para a gente jogar canastra de noite.

– Eu não gosto de canastra, você e o pai sempre jogam pro Pedro ganhar.

– Você sabe como o teu irmão é.

Eu seguia por dentro da chuva pedalando devagar, dobrei a rua em que os meus irmãos tinham dobrado e diante de mim apareceram mais e mais ruas chuvosas e desconhecidas. Desci da bicicleta; pedalar sobre poças só cansava mais. Enquanto empurrava a mostrenga, pisei num caco de vidro. Gritei uma, duas, sei lá quantas vezes. Ninguém ouviu meus gritos molhados. Acho que depois do primeiro grito, o que saía de mim nem era mais por causa do vidro. Retirei o caco que ficou preso no chinelo e continuei caminhando, agora mais devagar.

— Menino — chamava uma senhora, do outro lado da rua.

Olhei em volta: ninguém além de mim e meu pé sangrento, a bicicleta e a chuva na rua. Achei estranho, mas fui até ela, que continuava acenando da varanda da casa.

— Entra, entra, sai dessa chuva, criança. Você vai pegar uma pneumonia — disse, abrindo o portão e me levando para dentro.

— Eu me perdi dos meus irmãos. A senhora sabe onde fica a Rua das Araras?

— Deixa essa bicicleta aí. Entra, entra, depois que a chuva sarar a gente vê onde fica essa rua.

Ela pôs a mão no meu ombro e me levou até a minúscula sala conjugada com cozinha. Lá, duas cadeiras de madeira com assento trançado de material pobre e pano de crochê por cima nos esperavam. Tudo era muito estranho: parecia que aquelas cadeiras sempre estiveram ali, paradas no tempo, à espera do dia em que alguém pudesse ser conduzido até elas.

Com pressa, a senhora se virou e entrou em outro cômodo. Veio com uma toalha e começou a me secar; primeiro a cabeça, depois os braços e então as pernas.

— Toma, termina aí. Vou fazer um café, você deve estar com frio — ela disse, enquanto me entregava a toalha.

— Não precisa se incomodar — falei, mas as palavras saíram para dentro, como sempre.

– Não é incômodo nada – disse, mancando até o canto da peça onde havia um fogão de quatro bocas azul claro com abas e alguns armários brancos.

Enquanto ela estava concentrada nas coisas da cozinha, olhei em volta. Eu estava dentro de uma série antiga, um Kevin Arnold negro em anos nada incríveis. A água, o café e eu devíamos ser as únicas coisas com menos de trinta anos naquela casa.

Terminei de secar os cabelos e fiquei com medo de sujar a toalha com os pés. Fui até a mesa de canto olhar as fotos. Havia de flores, de meninas dançando balé, recortes de jornal e santinhos emoldurados; no centro, amarelado numa moldura de metal torcido, o retrato da família. Cinco pessoas: uma mulher à direita, ereta, rígida, parecendo querer fugir do quadro; dois meninos no outro lado, as cabeças alouradas parecendo dois sóis numa família de luas; no meio, um homem magro segurando uma menina de pé em seu colo, vestida de bailarina. Aquele homem devia gostar muito da menina de olhos arregalados – segurava-a como quem mostra, emocionado, a medalha de prata ao final do campeonato. Um troféu difícil de carregar por quem não aceitava menos do que a medalha de ouro, o que parecia ser o caso da mulher no canto. A perna torta da menina, depois de notada, brigava com os olhos de quem olhasse para o retrato, mas, ao fim, fazia a gente sentir um aperto no coração.

– É a única foto de família que eu tenho.

– Desculpe.

– Não é nada, senta ali – disse, apontando para a cadeira. – Você ainda está com estes pés molhados. Olha as pegadas no chão.

Voltei para a cadeira e ela pegou a toalha e passou nas minhas pernas e pés, até perceber o sangue.

– Foi um caco de vidro.

– Não há de ser nada. Espera aí que vou buscar o álcool e o mercúrio.

Lembrei-me do Rick quando ela aplicou o mercúrio e assoprou o machucado e depois abanou feito quem tenta manter uma brasa acesa, só que, dessa vez, eu não encolhi a perna, com medo da ardência.

– Você deve ser um menino bem arteiro.

– Muito, minha mãe diz.

– A minha mãe também dizia.

– É a senhora vestida de bailarina na foto?

– Sim. No canto é minha mãe, Isolde. Meu pai, Ênio. E meus irmãos, Guido e Luca. Todos viraram lembrança. Sobrei só eu.

– A senhora gosta de morar aqui? – perguntei, tentando mudar de assunto.

– Essa casinha é tudo o que eu tenho. Às vezes uma barata, uma rã, um grilo me pega desprevenida, mas, ainda sim, é um lugar bom de morar.

– A senhora foi dançarina de verdade?

– Todos nós somos dançarinos de verdade – disse, com um sorriso pequeno no rosto. – Minha mãe me colocou bem cedo no balé para ver se endireitava essa perna aqui. Sabe, menino, às vezes a gente passa a vida lutando contra os problemas errados. Mas não vamos falar dessas coisas de velha; melhor nós irmos para mesa que o café vai esfriar.

O café estava forte, mas tomei sem reclamar. Ela me serviu um pão feito em casa, uma fatia enorme, macia, com crateras feitas pelo fermento e pelo tempo.

– A senhora tem saudades de dançar?

– Vou te contar um segredo: às vezes saio saracoteando pela casa, apenas para buscar um copo d'água. Invento umas danças malucas, tenho até medo de alguém espiar pela janela e mandar me internar.

A chuva demorou a terminar. A casa, de estranha, passou a acolhedora durante a longa conversa.

A Rua das Araras não ficava longe, descobrimos no mapa da lista telefônica. Bem adulto, teria uma casa só minha e também inventaria danças malucas, eu pensava quando nos despedíamos.

No momento em que cheguei, mamãe, com os olhos cheios d'água, me abraçou forte. Papai abraçou nós dois com seus braços enormes. Meus irmãos estavam assustados, mas também pareciam felizes pelo meu retorno.

Jogamos várias partidas de canastra naquela noite. Distraído, perdi todas.

Ainda queria voltar para casa, para o meu quarto, para os meus amigos, o Rick, mas também queria aprender a não passar a vida lutando contra os problemas errados.

Formato - 14x21
Mancha - 10x15
Tipologia - Neuton e EscapeTypewriter
Páginas - 80